旁观者

吴　潇▲著

中国民族文化出版社
北　京

序

旁观《旁观者》

——瞥见诗和诗人

戈悟觉

我很惊奇，原来我认识这么久、总是带着和善笑容的雅洁的"小女子"，是位诗人！

我想，许多认识她的朋友也会惊奇的——现在不会惊奇了，有了这本书、读了这本书之后。我也一样。

中国人从来不吝惜给诗人冠冕，诗仙、诗圣，连李贺的"诗鬼"也是尊称。中国自古是诗歌大国。清初编修的《全唐诗》总集900卷，48900余首诗，作者2529人。这无疑是世界第一。

诗，是非常古老的文学样式。成书于中国周朝的《诗经》是我国最早的一部诗歌总集。孔子为之删改订正：

"吾自卫反鲁，然后乐正，雅颂各得其所。"历史散文和诸子散文都在其后，直到魏晋南北朝才出现志怪小说和志人小说。《荷马史诗》是西方文学的伟大著作。《伊利亚特》《奥德赛》诞生在公元前9世纪至公元8世纪，至今仍是世界上受人推崇的诗歌。意大利但丁的《神曲》、德国歌德的《浮士德》等经典也都是用诗体韵文写成的。

我在20世纪80年代写的论文里认为，文学艺术的内核是诗性。有了诗性的作品，无论是文学，还是绘画、音乐、建筑，以至哲学、伦理学，都是雅致的、生动的和浑然一体的。当前，诗性又成了生活的品质和生存的状态。19世纪荷尔德林的诗句"人，诗意地栖居"，被当代德国哲学家海德格尔引用并专著阐述，引发了20世纪的共鸣，至今让人耳熟能详。

遗憾，我现在不写诗。年轻时写过，尤其在下放牧区的时候，驼背上晃一整天有的是时间作诗，在笔记本上写下了格律诗、日本俳句。后来忙着写影视剧本、小说和报告文学了，诗便成为阅读物。北岛、舒婷是我非常欣赏的作家。我曾为北岛主编的刊物《今天》募捐，也曾邀舒婷来家做客。我更多是阅读外国诗人的诗篇，从惠特曼到2011年获诺贝尔文学奖的特朗斯特罗姆。

为了对后者多些了解，我虔诚地特地收集了他的诗集的几种译本。中国的当代诗歌浩如烟海，读也读不过来，不过温州诗人的作品我还是读的，自愧弗如。我自己的诗只能留在日记里，不堪示人。

拿到吴潇的《旁观者》诗稿，是我第一次读她的诗。难怪，她是第一次出书，第一次出示诗作。她原先是《温州都市报》博客网的编辑，我感到她的低调，感到她的亲切，感到每篇博文后她闪光的中肯的微评论。当年她从卫校毕业，以校对身份进报社……8年工作，一本《新华字典》都翻烂了。她明白自己"人微"，明白自己"言轻"，"盖人微言轻，理当自尔"（苏轼），她的羞涩是一种不作态的优雅，她的努力是不张扬的自强。

她说自己忘性大，记不住大多数著名诗人的名字，但她记住了阿根廷作家博尔赫斯的话："一切邂逅相遇都是事先约定……一切失败都是神秘的胜利。"她说："也许，我所谓的诗是某种神秘的胜利。"这话有深度且真实。

我当晚就读了她的诗集。先是浏览，出于好奇，然后被吸引住了，第一首就抓住了我的心。

立春

他们说要记住一场雪

谢谢这些寒冷的种子

让悲伤逆流成河

……让雪花成为雪花

让词语接受自己的苍白和无力

向着四面八方　一一投射

他们说冰雪都是柔软生出的茧

躲过时光　那吞噬人的巨浪

保持本色　到记忆点将过的绿色中

……开枝散叶

让梅花细嗅洁净的气息

让苦寒活下去　认识自己的使命

被雪色漂洗过的诗人

俯卧在词语和句子之上

怀揣一把春天的钥匙

即时去流浪

……一滴雨水　草色遥看

碧落人间

而倒影　尾随在我身后

正是迎春的时刻，我在搜索着词句和表达，她的这首诗带来寂静的轰鸣。我随即想到序的标题：旁观《旁观者》。著名诗人师力斌有诗句："楼是楼的主人，我是我的旁观者。"这句诗让我参悟，我曾用毛笔书写了寄给他。

吴潇的诗集分三辑：《节气修辞》《瓯江在上》和《蒲公英简史》。她在旁观天、地、人间。

第一辑她写了二十四节气，每个节气一首诗。她说："足足一年时间里，我有意识地在各个节气前后行走各方。我试着用汉语寻找自然和内心的位置，通过形而上的认知，希望能呈现生命的诗歌美学。"这是以时间节律行吟的诗人，一个内涵很深、目标很高的追求。

第二辑《瓯江在上》。她恣肆汪洋，感悟故土的人杰物华、景色风光。吴潇是温州鹿城区人，她生于斯长于斯，深爱着这片土地。然而，诗化熟悉的人和物却不容易。诗需要陌生化。

我 17 岁离开温州到北京上大学，毕业后支援西北建设，在宁夏工作了 35 年。回到家乡，熟悉的一切陌生了，连温州话都说不利索。这种陌生化催生了我对温州的创作热情，主编了温州有史以来第一部全面评介温州的《瓯越文化丛书》（12 册，共 230 万字），主编出版了《温州历代山水诗文选》《弘一大师温州踪迹》，报告文学集《走出温州》，倡议重建松台山净光塔，给江心屿命名"诗之岛"……温州有人才，长期生活、工作在温州的专家学者也可以做这些，但一个人看不见自己的眼睛。我的热情首先来自熟悉的陌生化。诗的陌生化，是情感、创意、审美欲求、对语言的求索掌控，更是诗人的主体人格、品性的卓然独立，孤索独标。

> 檐落间的白鹤自古同属一只
>
> 它负暄　在巽山塔下
>
> 向天空奉献一腔爱恋
>
> 松木温柔的剪影　流光溢彩
>
> 它载送飞鸟　晃荡着枝条间的风

巽吉山头塔影尖

……多么像一支笔　万物都是

其笔下的墨

秀才恍如一只穿山甲

要穿过看不见的铜墙铁壁

那纸上的喧哗与贫乏、夜和深红的色彩

在刀与激情中震颤

在黑夜与白天构成的罗盘上　摇摇晃晃

摇摇晃晃，但依然静默地记录着这骚动

　　巽山塔1974年倒塌。此塔建于明代，年代不够久远，体量也不大，不算温州的名胜，却是我小时候心目中的一个标识。年年远足，疲惫不堪地归来，看到它，温州到了。

　　近年巽山塔重建，我参与其事。在论证会上见过窗外的白鹤，只想到相传宋道士曾在此养鹤——这是散文。

"檐落间的白鹤自古同属一只"的意象，是诗……朴实，通透了时空。

第三辑《蒲公英简史》。这是辑中一首诗的名字。大约是她最中意的，也是我最喜欢的。

是小小的伞降落于地面
远了又远　近了又近

绒绒的　一絮又一絮
飘如羽，逸如纱，这地丁花
此起彼伏。金黄色的唱针
不断地旋转着　弥散着

它的锋利主张
能止痛，散结并祛斑

——乃丁香般的欣悦

这一辑，写《你》："桃花令下美人来／开启，衰败。是茫然　是无措。"写《旁观者》："黄金鸟隐入翠柳发清响／像这样按下时光的静止键／日影深处　独那一束／尘埃。"写《墙》："此刻，我背靠这面墙／墙的墙背后　是沉默的加工厂／是先声的埋葬地。"

她说这一辑："在沉重的现实生活面前，汉语所表现出的那种莫名其妙的潇洒、逍遥和轻逸令我着迷。一边是语词的莺歌燕舞、语言的纵情狂欢，一边是世情的枷锁。这两者的反差说成是云泥之别也不为过……要习惯相遇与离别，但是写下就是永恒。我傻傻地相信……"

选择做一个时而清醒、时而糊涂的旁观者。旁观者并非超然物外，与现实隔绝。2019 年诺贝尔文学奖获得者奥地利作家彼得·汉德克自诩是旁观者："我在观察。我在理解。我在感受。我在回忆。我在质问。"的确，他在旁观，是时代的了不起的旁观者。

我也是旁观者，作家都是旁观者。

"旁观者清。"吴潇，我这序言，看清你这位旁观者了吗？其实，我们都是人间匆匆的过客。

想起清代著名学者、启蒙思想家魏源的诗句：

客里无宾主，

花开即故山。

没有永恒。不过写下便是一个人留下的永恒。

2020 年 2 月

戈悟觉 国家一级作家，教授，中国报告文学学会顾问。享受国务院政府特殊津贴。

目 录

第一辑 / 节气修辞

第二辑 / 瓯江在上

第三辑 / 蒲公英简史

第一辑

节气修辞

立春

他们说要记住一场雪

谢谢这些寒冷的种子

让悲伤逆流成河

……让雪花成为雪花

让词语接受自己的苍白和无力

向着四面八方　——投射

他们说冰雪都是柔软生出的茧

躲过时光　那吞噬人的巨浪

保持本色　到记忆点将过的绿色中

……开枝散叶

让梅花细嗅洁净的气息

让苦寒活下去　认识自己的使命

被雪色漂洗过的诗人

俯卧在词语和句子之上

怀揣一把春天的钥匙

即时去流浪

……一滴雨水　草色遥看

碧落人间

而倒影　尾随在我身后

雨水令

等东风解冻，等冰雪融化

等鸿雁飞回，等出嫁的女儿把家还

等千万家的农户支起机器，在陌野深耕

等干涩的柳枝染上一层似有似无的绿

把一条水系写成三千里

看树摇动，枝摇动，叶摇动，花摇动

再听听这摇落下的絮语　钻入泥土

溶溶春水浸春云　万顷烟色

一个润字。 这不动声色的爱啊

融化冬天所有的冷漠　飞花令出

一树树红颜千娇百媚

春风十里不加急

惊蛰书

浮云隐隐轻雷击掌

分裂中的共鸣　清脆嘹亮

草木舒展　大地仿佛一颗颗的动词

滚入一寸又一寸土地

冷暖意　阡陌纵横

让那些蛰伏已久的动物和小虫

群起吧。让沉默解禁，让野性长出

灵魂潜望镜　从内部照亮

鸟声激越，风继续吹

——恐惧在耳朵里发酵

从黑夜到黎明。醒来

从无边的虚空中、深邃的海水里

或是坚硬的石头中

取出宝物

春分引

——兼致友人陈莉蓁

平分春到夏之间的时间

平分阴阳　平分昼夜

看，万物春潮

以醒目的美照见存在的自觉

那壮观的花序　一一打开

允许白天和黑夜孪生

允许一滴水相融于一天的河流

允许她是一朵花　亦是开花的树

那一江梨花海　早已流过南山

于梦境，于年少，于诗中的原野

我看见人到中年的剪影

我看见行走中的少女

她唱着老歌　一往无前

每饮下一份苦楚　便诞下一笔恩典
春色无疆　盛开不止一瞬间

2018 年 8 月 23 日

清明，清明

你看花儿释放出

冬天积蓄的颜色和香气

你看小芽新鲜脆嫩

你看油菜花开得金黄

你看，你看……父亲

我终于抖落冬天的积雪

绕过秋天一朵朵花的凋谢

把悲伤留在悲伤之外

和笑意翻山越岭　遍洒千万里

清风浩浩荡荡　荡过水心　荡过桃源

……回忆与流水平行　没有丝毫抵抗

虚空中是数也数不清的相聚

处处，处处是归人的诺言

倾盆大雨，向下俯冲

把春天下成一个大窟窿吧

烟云外　是万万亩清明

破茧而出。纷纷，纷纷

在谷雨

萌动在每一片云间

融化于层层霜上

柳絮飞落　杜鹃夜啼

农人的锄具　——被唤醒

四月是一颗种子

从上古仓颉的横竖撇捺中

提笔落字　那最深的存在

在谷雨　入土

致立夏

时间长出繁盛和嘈杂的翅膀

……飞向你。蝼蛄鸣，蚯蚓出

王瓜生　排山倒海的蛙鸣

欢唱在秧苗和绿树之间

用最高的音节

标出成长的刻度

再以乘法　乘上

夏天的第一缕清风

随她去播种。纷纷雨丝中

一朵朵睡莲醒了

以季节的鼻息　一呼一吸

打开或闭合　不知疲倦

小满辞

以翻滚的麦浪

以布谷鸟的催促声

以鞠躬的姿势

告诉我们，在金黄的族谱里

有一个踏实的季节

……有守望者　谦逊的身影

他们将腰身深深弯下

和每一垄列队站立的麦子

握手致谢。给彼此敬意

过小满　无垠的天穹

静止地临于头上，足步生辉

由光衍生出来的万千生命

成形，碰撞，饱满

从一个个节日的隧道返回
大地变成裸体的孩子

芒种行

当无人菊在野风中盛放

当麦芒刺痛手指

当青梅煮酒香气缭绕

当螳螂初生　夜来南风夏日长

大地变成一座座钟楼

钟摆指向五月

这时候，我多想躬身田间

左手分秧　右手点插

那双踩在烂泥里的脚

……一直后退　后退

骄傲的心和汗水一起

落入大地　再也不针尖对麦芒

夏至·端午记

所有的水都从汨罗江奔腾而来

逝水一次次回流　流入两千多年前的五月初五

流进东瓯　这一条宽阔的水域

流过南亭、双莲桥、仙门烟柳、龟湖古岸、梧田

老街和南塘印象

流入瓯越子民的心灵　屈子天问

楚辞悲悯　塘河两岸的野草

再一次风吹又生。一坡坡肥嫩的茎叶

高出河岸　高出冢茔

端午是一叶叶扁舟　我们是陌生的岸

岸上有瓷一般的女子　在水田里

插秧。千年百年没有挺直过身板

河埠头爬满苔藓　一层层无法剥离的苍凉

屈先生，你一定想不到

你纵身一跃，遗落的所有的痛

会沿着阡陌　纵横交错

并向着五湖四海蔓延至今……

妇人们在南塘河畔　找到粽叶

找到艾蒿　找到菖蒲　找到糯米

在南行的江山里　寻找一根稻草

……汉子们扬声在碧波里　把英雄的傲骨

——打捞。知否，知否

只是那流水　被反反复复地敲打

干干净净地来，干干净净地去

……不住离骚　不住别愁　清澄一水

蓄养明日荣华。端午是一颗颗江水

哪里有此岸彼岸

只是名词中的雨滴　潇潇落下

潇潇雨歇

小暑深处

微笑，微笑吧

一行行诗句误入一片片花丛

葵花、荷花、喇叭花、凌霄花依次绽放

这一记美过那一记　暴动如旧相识

大地稀声……泥土开裂　流水灌溉

庄稼抽穗　破土而出

再生的蝉鸣　声音清丽　浑厚不绝

这无数细碎的摩擦

从天真处啸聚。架不住的浑厚

是尾音　亦是尾音后的醉意

热风　短暂的着陆

抗拒的布道者　近在咫尺

天降重墨　山野合围　瓦鳞吐火

"玛莉亚"挥舞着风鞭

愤怒打开锦囊　在风中安力

……无法逃离，这沸腾的水域

观看它们经过十万座山十万条河

没有时间，也没有空间

附注　"玛莉亚"为台风名。

大暑歌谣

归视窗间字，荧煌满眼前。

————韦应物

太阳行在黄经 正一百二十度时

夏蝉休休又萧萧　凌驾于枝头

迎接这夏的战袍

荷叶亭亭，亭亭仿若

仿若这湖边静坐的姑娘

她的名字怎么不叫莫愁

莫愁啊，莫愁　夏日流火穿过

你体内所有的汗水前赴后继

具体，细腻而又透彻

……这时光的泪腺

以决堤打开身体的黑暗和罅隙

并在光到达的地方

消失殆尽

这寻寻觅觅的爱啊

是燃烧　而看不见的火

立秋（外一首）

终于，卸下

春天的烂漫和夏天的长情

慢条斯理

——穿上了秋的外衣

看，满树叶子的凋零

把哀伤埋在哀伤之间

………半梦半醒

错落

稻花香里的丰年　吹着麦浪

我对秋天表现出狂妄的企图

令人窒息的枫叶

此刻，保持着它的绝美

来吧，绵长的呼吸

低吟在秋雨里

幻化成　银灰色的蛛丝

织出一片片轻柔的网

在梦里飘摇；而我的虚无

正开启羽毛

2014 年 9 月 14 日

处暑节拍

这十余日，只和自己相处

触手可及　全是当下的日用平常

药汤，糯米，莲子和藕，诗书和床铺

还有东窗西窗外的两个鸟巢

就是我的整个世界

要仔细分辨斑鸠

白头翁和麻雀的呼声

不因它们的大小和美丑形态

而减少喂养

在我体内，有千万只鸟

飞翔在蔚蓝的天空

天空中，是那千万般美好

疏朗、自由、变化莫测的云

一朵朵像娇羞的少女

像雄壮威武的虎豹

像草原上驰骋奔腾的野马

像懒洋洋打盹的小猫

像被上帝轻抚着的柔痕

像天使遗落的羽翼

白露帖

那一日露水再一次凝结

那一粒悬浮在荷叶上的波吻
那一众草丛枝叶间最狭窄的水域
如烟尘一轻再轻　轻入寂静里
如风吹浮萍　飘向天际

溯洄三千载，伊人影绰绰
……应该会有万顷沃野
来回应那晨曦深处
肆意燃动的魂魄

过秋分

时间两岸　柳绿花红阴阳过半

种种金黄　交替在成熟的颜面上

人间地肥　一茬接一茬的

籽粒被收割　肃杀寒意

自云端腾空而至

于我手中停落的桂黄

充满甜味和黑暗

伟大的坠落者　为自己找到栖息地

这迁移在大地母亲身体里的蜜

是行者远征的神户

长长，长长的生命没有结束

迎寒露

慢慢吃饭　慢慢洗碗

慢慢说话　慢慢读书写字看风景

慢慢引导一只迷路的蜜蜂

慢慢给飞鸟投食　用它们遗留下的肥料

喂养一盆兰花　再慢慢搬动

公园里被砍掉的小树

慢慢扛回家　做个画架

慢慢游戈于鹿城和临平之间

慢慢爬上 31 楼的公寓　在虚空的怀抱中

向下凝视　一个个黑点白点红点绿点

多么像逗号、句号和省略号

我看不清谁是张三谁是李四

也看不清哪里是中心　哪里是边界

只看得见渺小、苍茫与孤寂

霜降

谁和谁不是陌路

秋天端起了酒杯　摇摇欲坠

……月色黄黄　缓缓泻过鹿城

流向未知苍野　再炫美的胜景

也抵不过北风的挥霍

一树树的流火　飘落

燃烧中的金色！大地说：

这是为冬天准备的

最温暖的炭火

立冬

裸露的孤寂，明晃晃的
都落地了　都交付出去了
……北风吹又吹　吹又生
飘浮在空气中的天然酵母
开始醉卧。坠落在流水之上
坠落在望不到边际的旷野上

等大虫小虫们作茧自缚
等树木举起它干枯的手臂
等麻雀褪掉鳞　食新谷　着素衣
等残荷在阳光下灿烂地枯萎
慢慢向下　向着更宽广的水底沉默

白昼短了，梦越来越长

它拨开每一寸静止的土壤

……泥土被重新翻阅

一些事物被重新排序

小雪

小到一粒盐侵入大海

小到一只麻雀占领了鸠巢

小到寒土内一颗被遗漏的红薯

小到一位和城管躲迷藏的小商贩

小到厨房里七十岁老母亲调制的一碗芝麻糊

小到乞丐碗里的一粒米

小到一串深浅不一的脚印

和那一副掉落在故乡的老花镜

是白雪的白

……是白发苍苍的白

小到　小到一只松鼠骤然停跳的小心脏

还有那些看得见看不见的小动物

生活在被遗弃的小角落

和大雪在一起

天空中有云烟的消息

……声音婉转　顺着风

不，顺着雪在我耳边回旋

乌鸫鸟……这云中的风铃

第一个来报晓：雪，大雪了

千山白得让人有失妙想

百转再千回　还是你

多么洁白。多么适合清洗往昔说过的

那些让人羞涩的话　让人惊慌失措的话

让人毫无戒备的话　让人心生愧意的话

让人压抑不安的话　让人欲罢不能的话

雪中的雪纷纷　纷纷落下

……不会粘连

冬至

冬至，冬至了

截取一段冬风，推开记忆之门

试着讨回聒噪岁月中的静寂回声

那时候，万物清洁而明亮

那时候，奶奶特制芝麻桂花汤圆

那时候，妈妈喊我们喝旧年的浆果酿

那时候，我和弟弟妹妹们围坐一起

看着爸爸依次点亮　那一盏盏暖灯

琥珀里的时间　微软的光

在睡梦中　在暮色苍茫的原野

在万里河山　流连旋转中

这一盏灯　一直亮着

为我守住这些年

……所有的冷

小寒

这山中的草木

千条枝蔓的缠藤向四周蔓延

它们像是忘了寒冷　永远葱茏苍翠

它们如此深入腹地　荆棘的荣耀

随处发生。世上没有它们过不去的坎

……过去了，也就过去了

任凭你在过去以何种形式隐身

我都保持沉默。只冷冷地看

冷冷看着生活　演绎各种的伎俩

大寒

别来无恙？北方的雪

你纷纷而下　恍如我两鬓发

这异地　你长住其间

千丝万缕　任你驰骋

我牢牢地牵出一根

冬就更瘦了

还是写写流水吧　写写停下来的脚步

写写拖泥带水　写写竹杖芒鞋轻胜马

写写祖母的晨曦　她坐在阳光下

细细把米粒洗涤、揉搓、煮沸

熬制成一碗雪，熬制成一碗尘世的香

再捂炉而坐　揽寂光陡峭

身子里的火

……"嗯，请安静。春天需要孵化！"

第二辑

瓯江在上

巽山塔影

檐落间的白鹤自古同属一只

它负暄　在巽山塔下

向天空奉献一腔爱恋

松木温柔的剪影　流光溢彩

它载送飞鸟　晃荡着枝条间的风

巽吉山头塔影尖

……多么像一支笔　万物都是

其笔下的墨

秀才恍如一只穿山甲

要穿过看不见的铜墙铁壁

那纸上的喧哗与贫乏、夜和深红的色彩

在刀与激情中震颤

在黑夜与白天构成的罗盘上　摇摇晃晃

摇摇晃晃，但依然静默地记录着这骚动

附注　巽山，位于温州市区东南山前街。按温州
府八卦方位，因其地处"巽"位，取义"吉祥"，
故名巽吉。五行属木，即东南方，堪舆家认为巽
位宜文笔，主文运。相传宋道士白玉蟾（葛长庚）
曾控鹤驻此。清顺治十五年（1658），民族英雄
郑成功围攻温州时，在此山扎营半月。

瓯江竹枝词

[清]　郭钟岳

巽吉山头塔影尖，疏林斜挂月纤纤。

时闻清唳云中鹤，曾驻飞仙白玉蟾。

行走在松台山脚下

——致永嘉大师

一

流淌着更深的沉默
带着风的微澜　放慢脚步
一步，两步

夕阳西下，阵阵清雅的梵唱
来自松台山脚下
近处有草尖拱出地面
远处是肆意旋转的舞者

哪一处是风波　哪一处是安然
如何开释都会掉下沙粒
你捡拾起来的　也正在慢慢地

慢慢地丢弃着你

二

要走就走到无人处
看一看　云来云往的天空
又多了几只鸟儿
又多了几只蝴蝶
又多了几颗隐藏的星星

要走就走到水穷处
不见穷，不见水
看得见和看不见的虚无
一会儿很大　一会儿很小

三

没有你，没有远方

没有往日之书

没有那曾经自由的风

蝉噪林愈静　鸟鸣山更幽

行走在净光塔下，荡气回肠中

是你的微笑

……安慰我现在的需要

附注　净光塔矗立于温州市区松台山顶，为一城
之表。净光塔始建于唐元和中期 (806—820)，唐
宪宗为供奉永嘉大师真身舍利而敕令建造，唐僖
宗赐额"净光塔"。

墨池十四行

——致王羲之

在池中养一只鹅

想象水面就是你慢慢展开的纸面

鹅就是你手中的笔

你以手比鹅头，腕作鹅项

……从一滴墨宽延　清迈高洁

你以黑立意　逐墨流水之上

你把燃烧过的碳素　写进荒芜的人世

你以折角的挫锋　挑钩的蹲锋　捺底的回敛

万毫齐力　在兰亭悬笔　曲水流觞处随字赋形

……所有的曲线，都是直线的影子

你的一生都在倾听一张白纸的空旷

以及那张纸对空旷的法度

随着风在一点一线中行进　浩渺黑暗里
是锭锭彩墨　仿若不落的沟壑星辰

附注　墨池坊，巷名，在今温州市城区。北宋《祥
符图经》载：温州有坊五十七。绍圣年间，杨蟠
任知州时，定为三十六坊，墨池坊即其一。相传：
东晋王羲之曾任永嘉郡守，常临此地作书，洗砚
于此池，于是池水呈墨色。

民间流传了千年的《瓯江竹枝词》云："风流太
守忆王郎，经换笔鹅字字香。昨夜见郎书法好，
移家合住墨池坊。"

望谯楼

——致温州鼓楼

一

那一个春天，是唐朝末年
微冷。吴越王涉江而来
命子征讨卢佶　一战而胜
拿下温州城

占领　增筑　攀缘而上
一种与生俱来的防御
应运而生。"仙鹿过，谯楼钟鼓起"
……这钱氏子城百姓眼里的福祉
绵延千年。每一记钟声都向阳

细细听，谯楼下的青石板

那布满苍苔的条石间

隐约间发出哐……哐当……哐的声音

仿若归人的敲门声　提醒盼归的人儿

泡上一壶浓郁的桂花茶

……悠悠百年，悠悠千年

二

雪落下来了。这夜幕中的白色

被朝门上的灯一照　更加的荒凉

沧海横流，桑田翻滚

……"故国不堪回首　月明中"

宋高宗，瘫坐在谯楼上

双手沾着露　贴在冰凉的城墙上

众声合鸣　护城河上
麋鹿们舞蹈　月亮在高处吟唱

数峰错立，状如北斗
华盖山锁斗口　谯楼立中轴
……要滂水　碧波千里
　"朕要为自己养育最好的风水"

内敛的密语　生长在
龙体歇息之处　跃跃欲试
……在江心普济禅院
御笔挥毫　"清辉浴光"
彼时江山社稷　良田万顷
胸中垒。在东瓯，在行都

那一片繁华　恍恍然

是小杭州

三

以晨钟暮鼓

催人起　哄人息

或以焚香支数　定更鸣鼓

千里万里安抚人心

谯楼，不——再轻轻地唤一声鼓楼

鼓楼，它安静地看着　安静地看着

这生活的现场　几经风雨刻琢

……变，变，变

千年谯楼　寒雨乱愁吟

是文脉，引儒商一掷千金　修葺完善

与你共，与君同。在如歌的行板中

现微澜。谯楼美人靠　当年的才子佳人们

以文相见　草木成章

……一种种救赎

是千丝万缕的柔情，绣女们飞针走线

……瓯绣之与古城楼　相映成趣

锦瑟词里放光芒　落款定格有婉约

是人间烟火。烟熏火燎中

一本本无言书　数十房客安身立命之所

三十年。沉默，万语千言

四

落叶萧萧　花瓣入泥

凉风拂面　足下有清音

不说出苦心　歧路丛生

……过，过，过

不再是侧影了吧　一定会留下些什么了吧

穿越的吉兆　如影随形

"上有孔圣人，下有弯洞门，

左边看《三国》，右边望《封神》"

……这谜语　主导风调雨顺乎

风筝世家　羊绒一条街　一部部发家史

在谯楼下　此起彼伏

是归人还是过客？

都是，都是寻常人家

附注　位于鹿城区广场路的谯楼，千载沧桑，几
易其用。最风光的一次当数宋建炎四年 (1129) 二
月，金兵入侵中原，追得宋高宗赵构仓皇南逃，
最后抵温州，居江心屿普寂寺。温州太守卢知原
及士大夫薛弼等，请高宗迁跸入郡城。高宗旋即
于农历二月十七，从江心向温州城内移跸，御驾
仪卫自拱北门 (今朔门) 入，父老百姓皆结彩焚
香奉迎，谯楼为朝门。

大罗山列传

越来越眷恋山里的薄暮

彤红的云霞、山冈和湖泊

在山头上眺望

……江山寂寂。有孤意

野猫穿过灌木丛去寻觅食物

狗吠跃出大山的档案

一朵花开在沙土地　储存着一些荒凉

带我们进山的山民抽上一支烟

与我们闲碎着家长里短

提供美景的是远处那翠鸟的剪影

美人红梅，碧桃银杏，火枣交梨

溯流而上　渐行渐深

蓝天白云　往来多鹤

大罗山巅的玄都洞

绿水涟漪的天河水潭

棋山面海的瑶溪

生物群落聚集的三垟湿地

仙岩圣寿禅寺里的摩崖石刻

朱自清笔下的梅雨潭

百鸟腾飞的茶山情歌

闻经的野兽、听法的狐狸。异禽多变化

大罗山，这鸿蒙元气凝结而成的玉玺

就在我妈妈我儿子和我出生的地方

我的先人们在此练习仙术

他们起居简约，他们用古琴获麟

用麟毛捻线，织布，而饮食恬淡
唯有桃花开得疯狂　哭出来　笑起来。
另一个晚霞　背起
走啊，走吧

白云深处又见那人家

附注　大罗山，位于现温州市区的东南部，由
四景一水网构成，分别是：仙岩景区、瑶溪景区、
天柱寺景区、茶山景区和三垟水网。明嘉靖内
阁首辅张璁出仕前，曾在瑶溪读书，开院授徒。
后来，嘉靖帝赐名"义贞书院"，并敕建"敬
一堂""抱忠堂"。此书院是温州唯一敕建的
书院。

罗峰书院成

[明] 张璁

卧龙潭下书院成，白鹿洞主惭齐名。

松菊已变荒芜径，溪壑更添吾伊声。

苍生有望山中相，白首愿观天下平。

青衿登进乐相与，日听沧浪歌水清。

风过池上楼

从池上楼出来
积谷山已转成一片淡墨

一群看不见的鸟飞过，从如园的左侧
从松烟明灭的静虚中，去寻找
十二梅花书屋、鹤舫、怀谢楼和春草轩的乌有之迹

风是一位游吟诗人　代表你变形为动物、植物
溪水、江河、群山和各种气候的流向
诗与远方
唯时间是描述。你命名虚无
并酬以生命

搬运山色原野和无数畅想，一次一次以锦绣

锻炼纸上春炉　草莽穷尽

用朝圣的心唤醒雁山瓯水

连缀的光影，如透镜

把你的思想叠加

乃永嘉山水问世的举鼎

"池塘生春草，园柳变鸣禽"

穿过疏枝密叶　你孤绝的脸

如新月般显现……当你对我微笑

便像是池上楼内　忽然开了

一扇轩窗。是归途

附注　池上楼，位于温州市鹿城区五马街道中山公园积谷山西麓，为纪念南朝诗人谢灵运所建造。因其有名句"池塘生春草，园柳变鸣禽"传世，后人遂称该楼为"池上楼"，现为温州市文物保护单位。

登池上楼

[南北朝] 谢灵运

潜虬媚幽姿，飞鸿响远音。

薄霄愧云浮，栖川怍渊沉。

进德智所拙，退耕力不任。

徇禄反穷海，卧疴对空林。

衾枕昧节候，褰开暂窥临。

倾耳聆波澜，举目眺岖嵚。

初景革绪风，新阳改故阴。

池塘生春草，园柳变鸣禽。

祁祁伤豳歌，萋萋感楚吟。

索居易永久，离群难处心。

持操岂独古，无闷征在今。

华盖山纪事

那只白鹿犹如一道闪电

闪耀在永福道院　月亮照出

一对长角高翘的剪影

明砖上的蹄印复制在斗口之上

华盖、积谷与海坛山相连

古城墙多么明亮　没有人造访的时候

狐狸们带领香樟落叶，像十万万道士

黑夜里他们不点烛火　只用

一颗流星洗眼睛　斑鸠们用身体

装走树冠和天空，装走石头的耳语、雨水的音符

一面被冬天延误了的山坡　像个空腹之人

风声把它的尘土扬了又扬

一遍又一遍。落叶纷纷飞落

从黎明到夕阳西沉

索寞之人集结于竹林内外

他们只想用身体活着

但思想是绿色的　歌声亦是绿色的

一边修持一边寻觅绿野仙踪般的妄幻

绿色的动词，绿色的感叹号

绿色啊　始终没有句号

山谷啊　始终没有参透天机

历朝历代的道士们被吹白了鬓角

只有地蚕子坚毅的根还在，它紧紧抓住

护城河上的卵石，像握住了经年的波涛

暮色不断加深　黑洞不在黑洞本身

附注　华盖山，位于浙江省温州市鹿城区东面，遥望山形如华盖，故而得名。山上东西两面分别建有华盖亭和夕照亭，山北有临望亭。满山花木葱茏，松鼠跳跃，百鸟常鸣。风景秀丽迷人。

华盖山

[唐]　张又新

一岫坡陀凝绿草，千重虚翠透红霞。

愁来始上消归思，见尽江城数百家。

朝阳请茶

——致非遗传承人钟维标

一缕缕清风悠游在嘉木之上。

短丛覆岭叶青青　松荫夹道揽翠岚

空谷回音　一叶叶童话在春天吐蕊

摇晃天光　摇晃云朵　也摇晃鸟的影子

把精巧的巢　筑在雪花

与典籍之间的玉米香中

这缓慢的旅程已经绵延三千载

这沸腾着的香气比露珠更加清冽

于沉默中凝练游云，雾霭，劲松，鸟唱和鸡鸣

还有被春雷撼动过的春水

清明一次次凝望——以广阔寻往更广阔

是地皇茶祖神农氏　是为凡俗生活立传的茶圣陆羽

是独自低语"从来佳茗似佳人"的淡人苏轼

是蒙受帝王垂青……遥不可及那乾隆盛世的贡品

恍恍惚惚　似近似远中　这南方嘉禾循着安排

谢落或抵达。时间用它的波浪推动着湖泊和山谷

推动着当下平阳黄汤的清丽

……乘辇而至。钟先生雅气穿透薄雾

在向阳的山坡上，书生倾情

在草木寂荡的路途上写下一篇《黄汤赋》

日月在此更替，雨水从穹顶向下俯冲

这朗逸的幽独　从属于自身的最高意象中

再自许一篇《与春天书》吧

然后独宠一杯"九烘九焖"的杏黄汤

人生快哉风　成了

成了　这一脉醒目可口的态势

明亮像积雪　又仿若那孔仲尼的竹简

竹芦汤沸　庭前双白鹤

……请茶煮茶

朝阳处　留住烟霞

附注　朝阳山，位于浙江省温州市南部，处于平阳县与苍南县的交界处，其境内著名景点有平阳黄汤茶生产基地和中共浙南委员会旧址等。平阳黄汤茶博园，位于平均海拔 500 米的平阳县水头镇朝阳山上，是 2018 年底新评定的国家 AAA 景区。

对一杯茶的微笑

——在文成岭南茶园

阳光以一种最明亮、最透彻的语言与我，在岭南攀谈。

一

一颗心箭一样弹射出去

我来了，亲爱的　我来到了岭南茶园

你在半山腰，以君子的风度温情地注视

默默消解我无端的春绪

我感受到了　感受到你绿色的叶子

兴奋得颤抖　通体透亮

像一页页黄金锻打的箔片　欢耀枝头

二

我选择午时用耳朵阅读

你与阳光的絮语

不用大声喧哗

慢慢细数浮华

声音里，没有哀伤

没有卑琐和阴暗

只有光明　温暖　向上和力量

三

身在春天里

心在你那绿色的海洋里

你是否准备好

准备好接受水的抚触

准备好与如黛的青山别离

准备好与夏日里那微弱的虫声

还有冬夜　斜在天际的那一缕星光

互道珍重　珍重吧

它们全都是无言的

它们全都是一个又一个

意欲爆发的小宇宙

四

我想把心中最纯的真

与生命之水融为一体

将虔诚度外

不再强求颜色的浓度

也无需硬性咀嚼

只需轻啜慢饮

那流动的细节

早已托付清风　舌边滋长

五

沸水注入

看一枚枚干扁的茶叶折叠，舒展，翻飞

品每一片茶叶的心事

上上下下　浮浮沉沉

煎煮可耐　出水入水

犹如我们的生活

相煎是为了相知

苦，涩，甘回处

你记住了谁　又和谁同煮一片绿意

对着它，熙怡微笑 ……

附注　文成位于浙江省南部山区，山间多茶园。
位于大岙镇岭南村的岭南茶园、万里胜景茶山，
绿波荡漾，惹人沉醉。

瓯江在上

登塔凭栏，烟波浩渺

蚱蜢船载着流年

辗转于瓯江的源头

云　朝朝　朝朝朝　朝朝朝散

潮　长长　长长长　长长长消

南宋状元王十朋的追溯

滔滔复滔滔，可以湮没光年之外

宋高宗落难江心时的清晖浴光

却难以熄灭　咫尺之内的一城灯火

朝代依次铺陈　啄食了草籽的鸟儿

振翅高飞　一定能看见

春花五颜六色　星星

搅动着碧海荡漾

江水清流见底　映照着两岸

瓯越子民　吴语蛮话　高腔花鼓

做它的一条支流　支流啊

支流绕过暗礁、险滩、高山

在溅起的浪花里

猿鸟啼鸣　沉鳞欢跃

那任性的浪子还在奔跑

跑进时间的河流　咆哮间

有你我两滴噙不住的泪水

它们，它们都是仰仗你的鼻翼

生存着的域外支流

欸乃声声响　逝水

一直向东流

附注　瓯江，发源于庆元、龙泉两县交界的百山祖锅帽尖，流经龙泉、云和、丽水、青田、永嘉、瓯海、鹿城、龙湾 8 个县，出温州湾入东海，是浙江省第二大河。800 里瓯江被温州人亲切地誉为"温州母亲河"，是温州人从古至今骨子里的情感溯源。

午日处州禁竞渡

[明]　汤显祖

独写菖蒲竹叶杯，蓬城芳草踏初回。

情知不向瓯江死，舟楫何劳吊屈来。

楠溪江渡口

去往楠溪江的上游

我在落日的渡口

披上一件琥珀色的袈裟

几只布谷鸟飞过

灌浆的麦地

起伏着写意的民歌

少有行人的道路

像干涸裸露的河床

群山千沟万壑　平平仄仄

江深面宽　波纹凝固寂静深州

鸬鹚贴着水面　掠过艄公的竹篙

江上多古埠，霞美埠、小港埠、兆潭埠、上岩埠、

上日川埠、龙河埠

河埠头的涛声不断　鸥依旧在飞

沧桑的水陆渡口　絮絮叨叨

絮絮叨叨着往日久远的繁茂

古老的戏台伸出破败的飞檐斗拱

开裂的戏曲人物木雕

斑驳颜色　乱弹声声中

走过怨懑的眠渊

天色康乐同　三百里溪水

倒影见清照　婉约派的女子

轻解罗裳　独上兰舟

独上兰舟　任竹筏漂荡

荡啊，荡啊

一滴滴从水中流淌出来的慵懒音乐
载得动许许多多的愁
声声慢慢　静水流深
在千年的词上　易安归来

都是旧相识

附注　楠溪江，古名瓯水，浙江省东海独流入海
河流瓯江的第二大支流。楠溪江发源于永嘉县、
仙居县交界的黄里坑，在括苍山、雁荡山脉间，
千回百转，自北而南，流经永嘉中心腹地，直注
瓯江。

武陵春

[宋] 李清照

风住尘香花已尽，日晚倦梳头。物是人非事事休，
欲语泪先流。

闻说双溪春尚好，也拟泛轻舟。只恐双溪舴艋舟，
载不动许多愁。

永昌堡

清风朗月，照上了青苔城墙
倭寇猖獗　假月刀划出道义
护城河以外　谁的白衣如雪

五百年前的天地如棺而合
永嘉场荒草卧地　红缨喋血
马蹄声碎　暮色不得安宁

叫嚣狂。沛德两叔侄
磨刀霍霍……垒长城　聚义兵
高地出奇计　首破东洋狼

高地望海楼　长风浩荡
明晃晃的日光洒进窗台
前朝的燕子把吉语种进莲池

湖水清明　被钟敲过的风

一茬吹过又一茬　辽阔的芬芳

拂在你我的脸上　怡然自得

附注　永昌堡建于 1558 年，位于温州市龙湾区
永昌镇、瓯江南岸，濒临东海。明代，温州沿海
经常受倭寇侵犯，永强抗倭首领王沛的侄子王叔
果、王叔果兄弟发起修建此堡以抗倭。1982 年修
复南北城门两旁城垛及城楼。为国家重点文物保
护单位。

永昌堡

[清]　丁立诚

出入资相助，筑城以备寇。

经营二王力，地利得人和。

泽雅

爱竹　爱修篱笆的人
爱种菊的人

爱流水　爱一条溪流
俗尘里低回　清雅的光
荡开潇洒的意境

长了六百多年的纸
用玉竹的谱系图　丰沛在
翠鸟们歇脚的水渠上
竹帘子捞出打散的筋骨
在四连碓造纸坊中安详了
一次两次，百次千次万万次

那么长那么长的铺垫
每一张都向阳
在泽雅纸山

附注 泽雅，位于瓯海区西部的泽雅镇境内，俗
称"西雁荡山"。宋代延续至今的纸山文化素
有"中国造纸术的活化石"之称，全国重点文
物保护单位四连碓造纸作坊堪为代表。

一个人的百丈瀑

一

一滴滴眼泪

悬在百米之上

对和错由火焰勾芡着

万马奔腾而来

当白色发动战争

水就使它一点一滴地完成

漫过虎愁崖　流水用翅膀推波助澜

在游人的尖叫声中　燃烧成为被操纵的傀儡

二

愤怒的水无力从爱情中隐退

饮过酒的瀑布

走投无路　那踏了空的恐惧

一泻千里。忍耐失去了控制

那夜夜失眠的水色　如上天

垂怜的浩渺。尾随在身后吧

那一眼眼欲望的风

……挛缩在你的膝间，瞥尔情生

三

瀑布雨打开伤口　立于天地之间

小溪进入了发情期　让千千万万的情丝

奔跑。念头断于乱石之下

山谷中的回音，从水潭中央被衔住

高山流水在岁月苍老的那页纸上晃荡

掩面而过的词语　做着跳水运动

远方在风中突围

附注　百丈瀑，位于中国浙江省温州市永嘉县楠溪江境内，溪流绵延将近百里，深幽奇崛，丛林百态，气象万千。徜徉其中，仿佛打开了一部地质学的教科书，更如走入宋元壮观的山水画，意境无穷。

圣寿禅寺

湿草的气息熏人醉。大罗山以南

几只藏身禅寺壁画上的白兔

眯缝着眼睛。一小块阴影

随着慧通归一禅师　心中涌动的潮汐

雪一样单纯地空旷

此刻没有风。铜在出汗鎏金喇嘛塔扎眼

真宗皇帝赐的名号　在朱熹笔下"开天气象"

飞上山门，用陈傅良的传道书沐浴

在朱自清的绿意中，身不由己

去走很多的路，去爬很多的山

去更幽静的梅雨潭漫步

在昏暗中打坐的僧人

无意间回头看了我一眼

……阅尽人间繁花　我们都要回去的

但也不作仓皇间的逃离

此刻　请让我在梅雨潭的溪水旁坐下

让水缓缓　缓缓漫过脚背

身体中一些些的沉重，似乎已经永远地卸在了

夏日积翠峰下的圣寿禅寺

附注　圣寿禅寺原称仙岩寺。据清康熙《仙岩寺志》载，该寺创建于唐中期，开山祖师为慧通归一。宋大中祥符二年（1009），真宗敕赐"圣寿禅寺"额，寺遂改称今名。宋熙宁间，神宗又敕赠"昭德积庆禅院"额。

朱熹在乾道年间，曾到仙岩山访问永嘉学派的陈傅良（陈在圣寿禅寺旁创办"仙岩书院"，设馆授徒），切磋学术，遂为圣寿禅寺题书"开天气象"匾额。近代朱自清以"醉人的绿"来刻画仙岩，更使其声名远震。

会昌河上的白鹭

一排排一列列的高积云

像朵朵飘落的雪花

雪落在白鹭身上

雪没了

白鹭更白了　它们三三两两

在高空凝翅飘浮。身体一部分

被辉耀的金光照亮　一部分留在

浓重的阴影里。它们兜着圈子慢慢盘旋

它们扇动着我们的肉眼

无法看见的翅膀

在疾行中张开又收拢

多么像我们年轻时那些高远的目标

有过如鸟般的天真和浪漫

附注 会昌湖水上公园是温州市十大公园之一。
根据《永嘉县志》载："汇昌湖，在府城西南五里，
受三溪水汇而为湖，弥漫巨漫，起于汉晋间。"
在永嘉郡为官者曾引汇昌湖水入城，一街一渠，
分划街坊，形成独具特色的江南水乡风光。

海坛山上听雨

夜雨，犹如安魂的木鱼
一滴滴敲在水心先生的墓前

海坛山肃穆着苍茫下去
像横卧的哲人　没有说教

山元道观的芭蕉正冉冉生长
屋顶上的雨声　渐远渐近

雨中的山鸟　衔走
我们潮湿的激情

此处丛林一簇　明净嘉园　花香多情
霜花亦是花。呼呼
呼呼随山雨而来 一部部雨书发芽

把旷世的说辞　放进了云雾

先生的慨叹　犹如裂帛
惊破这一山的寂静

不要把日子混成一摊水
泪和苦　要明明白白
明明白白地　低处流淌

所有的痛　像先生的扬声器
——用来唤醒这个混沌世界

附注　海坛山，温州九山之一，山上建有叶适墓。叶适，南宋著名思想家，世称水心先生。永嘉学派集大成者。

在洞头垂听清晨
的第一缕鸟鸣

早安，洞头。此刻的宁静

如丝质绸缎　阳光照在石头墙上

一幅凝重的油画

清晨的第一缕鸟鸣

开始飞针走线

众鸟喧哗，互诉衷肠

我从塔院来　垂听它们交出

体内的飞翔、自由、火焰和帆影

人间多么值得欢喜

我把手伸进水里

水面荡起涟漪

蓝天碧海　波涛拍岸

舟楫穿梭　穿梭又穿梭

诗人来过又走了

他在仙叠岩上远眺对岸的半屏山

余音缭绕："洞天福地，从此开头。"

附注　洞头有民谣唱道："半屏山、半屏山，一半在大陆，一半在台湾"。洞头、高雄两座半屏山，山形相似，隔海相望。诗人余光中居住在高雄，对闽南语、半屏山有着深厚的感情。2010 年 1 月 15 日，余光中先生游历海岛后，欣然题写了"洞天福地，从此开头"，赠予洞头。

龙湾潭写意

我想要去到的地方
桃花一茬一茬地乱开

风数着你变灰的头发，
睫毛，影子凌乱的狂草

呼吸与风交融
串串水珠帘的松林夕照
挂上隐居者的龙湾潭

我站在悬空的观景台上
看潭水从石滩上流走
看瀑布从高处倾泻而下
光，影，声，色，都已经

赤裸裸　赤裸裸地水石相激

……浪花飞溅的至境

至境都是执着的情愫

落入岁月　又翻卷

一个川流入海

是深处的飘零

附注　龙湾潭森林公园位于永嘉县的东部。公园
内，奇峰异岩，飞瀑碧潭，重峦叠嶂，溪流纷争，
气象万千……有生命的和无生命的自然景观组成
了一幅幅富有生机和活力的山水画卷。

水井佛前

嚼着一汪鲜活的甘洌

望着银河　看栀子花白了黄

黄了又白。沥风沐雨的井台围栏上

偶有江南雁影　匆匆掠过

汲水的担子颤出了

一个个麦青苗黄

且以风雨听　且以一条长绳

吊起的清凉舒缓甘甜意思

载我渡我　载我渡我吧

星子们纷纷露脸　清亮透彻

就像，从苍穹的另一端

注视着我们的

······你的眼

附注 干旱不枯水井佛位于鹿城区小虹桥。在民国时期，某年夏天一月无雨，大小塘河被烈日晒干，大多水井也因地脉水源干涸不能满足人们生活所需，唯独城区这一眼水井依然盈盈水满，水质清洌可口。坊间老人传说，这是弥勒佛显灵为百姓解难，遂在该口井的后面建造了一座小佛殿，刻了一尊弥勒佛的坐像，以致敬谢。

避世录：在孤屿

一

行无终点　路有尽头
奶奶牵着我的小手一次次
一步步地往返于江心寺　慢慢走
缓缓看　足过之处　金石花开

二

孟楼潮韵　沙汀渔火　东西双塔凌空
它们微微摇晃　就引来十万亩麦黍
迎风荡漾　被流沙打磨过的河水
闪映出幽幽蓝光　一缕缕鸟鸣
在雾气中浮扬　一片片浮云

降落在瓯江之上。掌心里的潮汐

跃过丘壑　谢灵运飘荡在孤屿

赋肉身于意形　遥对堤岸单纯的雪意

三

天涯水气　夜落如泪

眼见世浪涨了　龙榻上暗下的旧梦

如跌落手心的灰烬。寺院外

曲径处　蓝天下　我恍惚看到孤峰

鹤和兀鹫　外加一个帝王的转身

和隐身之难

宋高宗端坐于西塔寺庙

采撷枝头雀舌　汲新泉　烹活水

一碗两碗喉润破孤寂　三碗搜枯肠

四碗五碗通灵仙气　在片片

东方树叶的神谕里　从永嘉的溪流之上

盗得《桃花源记》的真经

将云水禅意的汉字　意趣横生在蓬莱

四

上苍贴耳　愿景敛翅　一枕风雷

澎湃　但见那王十朋状元及第

潮涨潮息。春风皓首　桃李不相妒

当一呼一吸的唱颂密布

状元郎甩开十里荒凉百万孤寒

把碧蓝渲染。把亭、台、楼、阁

统统写成早起的词汇。春水啊

皱成了鱼鳞　鸬鹚黑在光影中

鱼儿一溜溜地　潜入丝绸里

——往小里去往更加细小

五

八百里瓯江自苍古一笔

写到今日良辰　云涌朝阳来去来兮

来去往兮。临风的芦苇籁籁低语

红隼鸟归巢　龙口宝珠临江独异

作斗城永远的权杖

附注　八百里瓯江，似一条长龙，尾巴搭在龙泉

山上，头搁在温州。龙口大张，口里含一宝珠。

那珠，便是江心屿，该屿又作"孤屿"，与鼓浪屿、东门屿、兰屿并称"中国四大名屿"。著名诗人谢灵运、孟浩然、李白、陆游、文天祥等都曾相继留迹于江心屿，留下叹咏江心屿的著名诗章近800篇。宋建炎四年（1130），宋高宗赵构为避金兵南下，曾驻跸岛内普寂禅院。

同永嘉守宿江心寺

[宋] 陆游

使君千骑驻霜天，主簿孤舟吟不眠。

好与使君同惬意，卧听鼓角大江边。

第三辑

蒲公英简史

本辑自序：

蒲公英简史

——写给儿子生日

是小小的伞降落于地面

远了又远　近了又近

绒绒的　一絮又一絮

飘如羽，逸如纱，这地丁花

此起彼伏。金黄色的唱针

不断地旋转着　弥散着

它的锋利主张

能止痛，散结并祛斑

——乃丁香般的欣悦

对着蜗牛一见钟情

一只蜗牛毫无征兆来到

我在检讨自己

怨房间过于嘈杂

怨客厅里残留着昨日啤酒过度的喧嚣

亲爱的小肉团

我惶恐无助

思虑着该怎样来把你妥帖爱抚

我遮蔽六月疯狂的阳光

请瑶琴横膝　弹奏一曲舒静的音乐

……把你深情呼唤

声音回旋在你的左边和右边

慢的元神，穿行在你的触角和底部

它们多么害怕，你为当下的虚无受苦
它们多么害怕，你断了慢的衣钵

喔，亲爱的蜗牛
我和你一步一步慢在春风里
虚妄无法把我从头到脚装裱
浮夸从我粗糙的思想
……和思想的缝隙里滑脱

我找回自己了吗
像我的祖先那样
——在原始村落里砍柴，喂马，耕田

他们只对着河水絮语

他们只和蜗牛

一见钟情

2013 年 4 月 5 日

远

过路的诗歌都是刹那暗合的沙砾

它被尘封在喧嚣之上

生活的结节　犹如蜈蚣误入歧途

千条万条的道路

展览在墙壁上

过往有着怎样的绝望

日子发出银铃般的笑声

永远没有那么远

"我们都是客居他乡　春愁与水色啊

再也不用假装深沉"

梨花的气息

还是，来不及约会

最好时光里　最美的你

初见，即别离

当花瓣离开花蕊　于低处

一场春雪皑皑……

它们纷纷落在我怀里

被解禁后的空洞

一缕无遗

数不尽的羞惭、忧伤和幸福

揉碎在一起

洁白的骨头连着峥嵘

一个寒食夜

干净无处可匿

你

哪有山河破坏，哪有四面楚歌

填词，写诗。三月春华

桃花令下美人来

开启，衰败。是茫然　是无措

雨水充盈，立于指尖

看得见的清明走在来时的路上

山水彼此激励　镜像互相恭贺

她体内的星星被点燃

唱一曲《将进酒》余音弦外再偷生

这人间剧场……何必匆匆

你卸下粉墨和道具

借一朵雪花的洁净

借一缕白发的写意体

借一位幽闭患者的腹语

借一个人翻越身体这座山丘

潮涨潮落　春风吹又生

你依然在。你是时间

那条阳性的莲池河畔　醒来的第一声蛙鸣

你是连绵起伏的绿，和暖

你是这低处的生活，开花结果的心田

你一直在。你来自四面八方，你就是我

　……埋葬不了的通达和辽阔

那是一片海

我梦见　我和夕阳

搁浅在海岸线上

深蓝色的浪涛

它溅起了谁的忧伤

惊醒那夜的黑

我把身体蜷缩

把头靠在大海的怀里

让海水温柔地

一遍一遍亲吻

我如水的眼

那是一片海

我将自己掩埋

当海水漫过心房

我看到孤岛显露

那一叶叶

摇摇欲坠的纸船……

2013 年 4 月 3 日

曲院风荷

亭亭玉立的你

诱我走进发甜的家园

清风十里　沐浣幽芳

脉脉荷香

埋葬了淤泥

沉淀中

有缠绵的藕结

依偎而惆怅

夏的梦境

在荷的叶脉里

轻描淡写地滑过

千山万水的念想饱和

正中午的光芒

你在水中央，我在岸

众荷喧嚣

独你我在安静中

温柔相望

含而未放的醉意

微醺在七月

以一掌合十的虔诚

放弃你灵性的张望

涟漪

一

四月的碧潭
正谱写着阳光的缓慢
一圈一圈漫延的柔波
是酒窝里荡漾的浅浅微笑

窗外，月光低垂
那透明的湖面
犹如脱去灵魂的外衣
自由舞蹈

我屏住呼吸
静看一波又一波的涟漪

荡起莹白的钻

二

凝聚这绿色的谜

细细聆听粼粼打开的醉意

漩涡处斑驳的树影

倒着蹉跎

三

躲进一棵发芽的树枝

躲进一朵欲放的花苞

躲进一个深夜

躲进一段美梦

躲进涟漪深处……

照见湖水的内里

那一颗奔腾入海

永不安定的心

慢慢爱上的白

风穿过。我的话语

在最高的山峰上

被召唤

它吹过山峦

匍匐在银色

……那锁过的精灵身体

一点黑夜　一滴光明

我的话语　照见虚无

一束发酵后

………透明极静的白

春天，海子是一首歌

时代的符号

种在一个冬天

那一年，海子

……面朝大海，春暖花开

他青春的手，捧着圣杯

楔入绿色

一串串会写诗的风铃

随着每一朵花瓣

远行

不死的欲望，穿梭在英雄疲惫的胸膛

是春天替你做了决定？

所有的孤独、侮辱和痛苦

只是三月对你补偿的序曲

如果爱与喜欢

像火柴与鳞片

年轻的你

怎懂得拒绝燃烧

虔诚的涅槃

拥着时间的微笑

如磐石凸露

耗尽的生命

在那里输出，风干了春色

……锁住　无法埋葬的宿命

你在，诗歌就一直在

荷塘月色

今夜的水面

流淌着金色的幻想

用一粒石子

掀起波澜　顷刻之间的碎片

游离……穿逡在光影的荷香中

白玉盘　瑶台镜

千年清冷的月色

今晚　投射到我眼中

——化作一团火焰

照耀着孤独　无处可逃

2014 年 9 月 7 日甲午中秋

伊甸园

雨哗哗地下……

一串串的彷徨

落在茶水里

辜负了谁的口粮

雨在自己消化

用声音封存每一片叶子

沉默埋葬浮夸

秋风对我钟情　千万次的回眸

片片低到尘埃里

……只为一场金色的盛宴

抚慰大地　扎根于树底

地上长出蒺藜　园中的嘉树

田野处的鲜花

于甜蜜中孕育着忧伤

奔跑者穿过微笑

一脚踏入伊甸园

……拥抱分离

无题

日子，倒映在青春的岁月里
层层叠叠的风霜
如影随形。播种刹那时光
疼痛堆积，游弋一把老座椅

屏住呼吸　打开尘封的灰尘
相续相生　结伴同行

不要害怕觉醒的安宁
绝处逢生……藏在煎熬里

三月，曲水流觞

声声慢，如三月清明的词牌

听一杯茶的声音　徐徐在身

在脉络，在心间，疏朗有致

嫩叶走心　在时光的具象里

翻滚。下沉。舒卷。

让寂静开拓。再开拓

让我们专注于一杯茶的修辞

倾情在一朵花的思维里

沿着茶壶壁　敲醒内心

那些带着书卷气的梦幻般的烟岚

在青灯里　在三月春雨之上

看东方升起那一抹经典的绯红

你走来　踩着青草上的新泥

对着我们笑　笑啊　笑啊

……尽情舒展　这草木间的谣曲

是一盏盏高洁　曲水流觞

废诗

一

幽居的干眼症患者一个月不曾出门

在南塘河畔渐渐度过　度过

晨风晚雨，绿水青山

扑打着　环抱着

手捧一卷民国的志怪之书

潜心苦读。仿佛是要

用大半个世纪前出版的概念

来审视今天。在那每寸过时的景色中

寻找旧时白如隐士的头发

幽居渐渐度过　度过

窗外无人　唯斑鸠飞过

二

浮世各角落　每一把椅子上都坐着疲倦

每一天每一天　栀子花、蓝色、清晨和流逝的

光阴　簇拥在她裙边　心里空空

空空如也。你我都要学会忘记

忘了临别前遗漏的书——忘了返乡

忘了都是要遁入太初的山林

去永恒　去浑然一体

像圆寂者一般屏住呼吸

三

夜晚给你一张床　也给你无限黑暗

白昼也无法送你光明　孤立者的旗帜

下垂。在凌乱的天空之下
存在　就是原谅存在的另一半

四

觉醒者的神灵　无时无刻
不在追悼自己——那一切的过往

瓯柑花开

被反复涌来的清香
轻声打听。这温州的元红
来自湿地三垟河畔
种植忍冬和牵牛的篱边

油菜花开啦　樱花开啦
李花开啦　桃花也曾经怒放过
几只白鹭飞来飞去
好天气　适宜持简的小孩读史

怕是圈不住它的心思了
石绿，天青青
淡淡地　在谷雨里看你
看你小巧婉逸的模样

霍然倾听　你浅浅的微笑

于是，于是我们就闻香，点茶，入药

对弈

你是翻手为云覆手为雨的棋子
你是孤独无依惹人爱怜的棋子
你是，你是沾沾自喜被人遗弃的棋子

你处心积虑调虎离山
你坐镇关中密谋千里
你慧眼识破敌营要害
你一招不慎　四面楚歌
又草木皆兵

点画成线，线舞成面
画出经纬，围圈方城
七十二变，三十六计
顺风　风卷残云如展席

逆势　残将瘦卒兵荒马乱

你中有我我中有你
三十二颗棋子走上舞台
是成王是败寇？
永远受困于一个棋局

以棋度心，犹如悬崖上一匹困兽
以手为天，玩偶们轰然落下
索取者入不敷出

我不是我

我不是我　我是回忆中沉默着的沙漏

沙沙，沙沙沙……反哺着泪花

我躺在睡与将睡之间

试图烹调生活的轻描淡写

在人群中，我看见你

我看见你，在人群中

礼物

跳过　一汪春水

从雨露溅过的万物中

从草木默诵的轮回里

走向自己

在安静中苏醒

春天将纸上心情

烩上青翠桃花

反刍季节甜蜜的毒

蛰户初开

谁还在同冬天比瘦？

夜风相觑……戈壁滩前

我将自己放逐

回归爱的流放地

孤寂的人
觊觎自然每一个拥抱……
和全然认领

无题

一

我写诗的时候很偏

偏成一头驴

横冲直撞　把词语曲解

哪里最疼　蛮蠢的心就偏向哪里

寒冷跌跌撞撞闯进冷宫

……小纸人装模作样　喊着疼

奔腾的烈马写下

……迷惘，孤独，幻象

蜿蜒曲折的峡谷

没有尽头的远方啊

矗立着一团不愠不火的火

世界上没有谁　不擅长隔岸观火

二

试着用双眼抚慰所有的偏见

……或偏爱

颓废穿上一件由灵魂

——或想象裁剪而成的套服

口袋里塞满高昂的歌

我窝在床上

瞪着一双空洞的眼

冥想一段虚妄的距离

东拼西凑一首诗

用它模仿生活
用它原谅过往所有的错

一首诗　窝藏着一场病
唯有埋葬习惯里的记忆
我才能与自己取得和平

往事已把往事邮寄

秋风吹不开的落寞　独自凋零

慢慢地把荷花的心事——藏匿

还在诉说那曾经有过的碧绿

还要吟唱那赤橙黄绿的轻歌吗

再回首　往事已把往事邮寄

心中万千丘壑　对着时光风化

收入一些修辞和阴影　塞进行囊

……随着风　去远行

对镜梳妆

女人一条条的白发胜似雪

硬生生抽离

疼痛没有过错

它翻来覆去"一切都是最好的安排"

雾霾再次袭击

她静静地转身　残荷

芳心入梦

低头，怀揣

……一个模糊的起步之地

一切，正在消失

一切又在暗处此消彼长……

五月的盔甲

在蔷薇花盛开的季节

春天喂养着疲惫

把一簇簇的倦意

洒落在即将开放的花苞里

细细的粉尘迷漫在空气中

湿地深处有泥浆闪烁着异样的光芒

翩翩的浮想像破旧的池塘

暗绿色的芦荻茎　浓密得让人无法涉足

梦摩挲着肌肤

蛹紧紧躲在那层茧下

到梦的远方避难

生活扬起它长长的鞭子

隐身在百叶窗后面

虚弱的梦游者　纯真而又敏感

多么像花园里的那桶水

被路人无意识的踩踏

多么像我未完成的诗句

在梦最有禀赋的桥段　褪下华丽的衣裳

一阵微风拂过前额

黑夜溅起冰冷的水花

在梦的间隙里

搭建起一座座海市蜃楼

五月打开那扇通往梦想街道的窗户

多么想逃离　逃离我既定的生命轨迹

深切地忘记　忘记将我压抑的生活

还有那莫须有的罪名

波动

不想暗淡下去。仰着头听一张千年的古琴
从水纹中断裂。 灵隐寺外
听世尊断喝　看《心经》托钵
击鼓传花　击鼓传花

　　……几千年的春色来不及更改
以舞　以浮华　以寂静照耀底心

草药笺

当归

把夜色装订成竹简
让收拾夕阳的女孩来回端详

高山吐出一粒粒鸟鸣
露水涂抹了一层层烟岚
莲池河畔那几道虚线
一定是陶渊明搁笔遗落的信札

醉卧病榻　白芷书我只写了一半
半夏、豆蔻、相思子
独独缺了一味当归

菊

看吧　清照又落泪了
梧桐兼细雨，到黄昏
是点点滴滴。小小的手心
摊开　一场场秋雨
凉了又凉

磨墨吧　借你的小写意
推敲今日天色
我用大白云作笔
晚来风急，是重阳

忍冬花

大漠为姓，孤烟是名，下笔寂寞清芬

力透纸背，熟悉每一次寒气

揣摩它的结构，框架，顺序

去勾勒　去描绘　去隐忍

再走十个剑走偏锋的暗门

雪中不提江湖，放下咳嗽

再也不敢用手触碰　这貌似

安静的六角精灵　更不能

投掷石子　你也不能

再继续对它言说　你现在

要说的事是世界上最大的危险之一

不说出口则已

一旦说出就又是天雷地火

灭不了了，唯有等到

明年初春　那一朵白花金花的颤动

一蒂二花　形影不离　茎蔓喜阳耐阴

花蕊探在外　宣散　宣散

枸杞子

这一颗颗中年的小米粒

悬在落日之上　丹砂红　枝繁婆娑

在幽谧的石壁墙角　咆哮

一声声悲痛咆哮的回音

必须是盛开着的　必须是在

大火过后　不会成为灰烬的那一种

陷阱的那一种　小小的炸弹

刀上舞　刀锋收割着

收割着我们惶然的命运

药那么重　药方那么轻

一把仙人杖　搀扶你

防风

重重地敲
这风的声响
从睡梦里挣脱出来

行遍我周身　老眼昏花
关节嘎嘎响　这一阵阵蚀骨的
猛烈邪气的风啊
世界上到处都有它

风，现在是被驯顺了的野马
名叫静律，或者默达，已然能安神
调理血脉，疏肝理气

石菖蒲

一寸十二节
随风　起于水波

站在时间最寂静之处
供出青翠　做药引
让耳目聪明　不受尘土覆

端阳还飘在云曦
暴雨至　就用江风抹一抹
屈大夫的剑　呼之欲出
疏狂见沧海

春风是一条弦

作为最后的修辞　我们高歌

一起走过。走过

山间那曾待过的独木桥

穿心莲

寒冬来临　世相刀光剑影
拿起，放下。那时重时轻的人生
那比天高的心　比纸薄的命

静夜里　被游丝般的风声弄醒
期待的欢喜　如叶子拂袖而去
在大雪尚未到来前　谁不是
枝头那偏执的鹧鸪

在咏叹调最底端
低吟千万遍　问你
问你在等谁近前

等谁看穿你的心事

肓肓中　抽刀断水

不载长歌短哭

醒　醒了吧　穿心莲

穿过心莲 用适量利咽

用适量丹青去写意

再轻轻呼唤你的小名

一见喜　一见喜

如莲花开放

朱砂

那么的亲切。这孤独的山
这坚挺的树篱桩　还有这忧郁的少女
被搁浅了的红宝石

别一直坐在那儿张望
别让她坠入绵延无尽的空间
别让最深的决绝在那儿
心几要惊骇　细磨着
微等剂量的毒

别再写那封信了
写了也别在风中寄出

任何对爱情的祭奠

都不如碾成粉当作苦药

服下。清心安神

2020 年 3 月 10 日

薄荷

我不种秋菊　只种薄荷

它不喧哗　不张扬　绿油油一大片

那诱发你的嫩嫩的芽儿

黄黄绿绿的　从地底下钻了出来

一株株向阳而生　春的模样

是自带的清灵

笑得那么清浅　那么敞亮

一垄垄站立　站立着

仿若见风就长的诗行

微风过处　馨香不绝如缕

密密袭来。多么令人赞叹的草木啊

让人惦念起所有幽然素净的

字眼，情节，故事

以及清凉惬意的澄明力量

2020 年 3 月 20 日

木蝴蝶

和庄生说梦

东家蝴蝶　西家纷舞

疏影凉薄。以春水一盏

寻味人参　轻串宣透

且饮且行。心神和鸣

再借玫瑰天天　驱散虚浮郁气

入桃林　折一枝青枝在手

静静地　等待好颜色

2020 年 3 月 24 日

夏枯草

不妨去猜想　别人家

冬天里藏匿　而你

泥土里略理妆容　待嫁的新娘

急急等待　春的唢呐那一声声响

戴朱紫盖头　且歌吟且舞曳

风过处，微喜还羞

直上春的枝头

待　夏初繁花盛　万蕊吐

你已成百花的外婆

浩瀚日月，高悬原野

你独坐台下，专看

那各路花娘娘　闪亮登场

——静了静了，静下来

泻火明目

桔梗谣

幽幽空谷
蓝紫色的风铃正记述着
斑老的纹理　那么粗实那么耿直

她以药食两欣的情态
独立于春意盎然的季节
声音沙哑抑或胸闷气短
她宣肺镇静的气质从来不缺席
只是风骨略显甘苦

一朵两朵三四朵
次第闪烁　暗香只在情痴处
浮动。清雅理气

老姜

　　——庚子年给欲离乡务工的弟弟

一

无人施肥　根系不很发达

满身的沟沟壑壑

是积雪　是霜花

是泥水的浸泡

是烈火在熊熊燃烧

一块老姜

讲述着逝去年华

讲述着颠沛和分离

讲述着霸气侧漏还有芳香和辛辣

当芽苞裹上绿衣
你是否又参悟了世相一分
了然忠义节烈才是内里乾坤

二

听蛙鸣　慰心劳
异乡三更夜寒凉
抹不净　离人泪千行
莲花道情落心坎
让尘世随风　随风
去飞扬

三

清晨的粥　饭桌上的汤
烹炸煎熬之间风起云涌
撒一把慈母九蒸九晒熬制的老姜
驱寒养胃　暖暖地
暖暖地热了心肠

2020 年 4 月 13 日

端午挽歌

——致同学黄泽正

一

夜正缓缓收起它的好奇心

黎明渐次打开遮盖物

屈子点亮红烛　开凿一条幽长

幽长的隧道　轻轻地隔开

……你和我们之间的距离

是六月雪太寂寞了

它迈着微醺的步履　走近你

悄无声息　像一座荒岛的心

亲人们守护着你的名字

此岸　来来回回地念

二

远山隐去，大地消失

三

·······我多么期望
只是轮回长错了翅膀
只是你暂时从我们的视野里慢慢淡出
只是你站在对岸　拈花微笑
平稳地长出　另一种睡眠之相

四

片刻的安宁　犹如酵母发酵

我们把对你的记忆

聚成光。以电，以雾，以沉静的水的荷塘

……梦被惰性灌醉

五

我听到你说：不要太靠近

梅花瘦

需要孤芳自赏

比自恋再多一分

一种流红，印证了冬的缄默

幽幽楼台高锁　铜雀春风又绿

在青砖瓦片之间　几枚细致出孤独纹路的梅瓣

其消瘦的力度，把持一路月色垂钓

那一舟空荡的表白　横笛而笑

掀吧！掀开她的怜

……一幅未完成的国画　不等琴意弹拨

只等候雪的凛冽　苍茫处相逼

罢罢罢，力劝一回她——小梅

小梅啊，就嫁与东风吧

偷缕电光做剪子　剪碎

所有固有的模式

睡莲

睡意被挂在枝头
一开春就不如早年那么憨厚了

莲花开开合合
挣扎在夜的缝隙里
味蕾打开熨好的微笑
独独对话洁白

是墨色失去弹力
像一剂快速发酵的药
石头蓝和蜜糖搅拌
一把同心锁　门里两个黑暗所在
左边是爱　右边是伤害

她举起免战牌

千万只惊悚的烈马俯首帖耳

醒没有了诉求　抽一丝月光

落入深渊　而矜持的你

依然在水一方

半个月亮

掬一把水月

吃一口寄不到的相思

取出一个句号　和着落寞街灯的臆想

漂浮在暗淡的海面

水在她面前徐徐展开

没有水的涟漪或没有涟漪的水

衰老了半个世纪　异乡人身披草莽

小心翼翼　四处张望

让目光经过千万缕烟浪

在一抹月色中漂泊

被一滴水照见

这内心的隐蔽之火

放逐

每一段时光都是被用来辜负的
赋予仪式　便于它用泪滴行走天涯

言语如走卒
默默承受着的棱角　失去羽翼
沉入水底　把自己放逐

暮色在夕阳的笼罩下
浮在河面　被施了魔法的河流
流经我身上的缓坡
向远处延伸到梦里

梦，是一座情感避难所

尽头处，我裂变成无数个自我

用渴望之链　妄图追逐

用另一个身份存在的他或她

在一个冬天

躲在词语的缝隙里

把未说出来的话语

涂上蜂蜜　埋在心里

一朵两朵三朵盛开的海棠花

长于窥视　小心翼翼

仰望这隐在暗处的阴阳脸

被冻结住的晴雨表

在一个冬天

喃喃自语

悬灸

看到她　大嗓门

一把火来　柔若无骨

幽微的香气　释放

江南又一个春天。辗转反侧

我体会着柔情　在通络处

挽我缓缓归

熏香后的身子　豁然开朗

腮粉唇红　七八分姿色

是春深

流年

雪后，时间迎来一张空洞的脸

操控着锣鼓喧天的细节

如此和乐吉祥

是伪装出来的虚情假意

滚落在时间的发脚

……银丝三千

前村的雪又深了深

时间的殇

烟花

是流星雨　抖落夜的表情

是风捎来的斗篷　打开尘封的记忆

是霓裳羽衣舞　千姿万状如猛焰辗转人间

是人生的戏坛　猜度着每一场的变化

是心中的梦想　把它的光荣装点播撒

是奔腾不息的诗意　如星珠串天

在瞬息万变的洪流中稍纵即逝

是闪电　是雷鸣　是用尽全力厮杀的猎手

是一叠叠漫天飞舞的诏书

一场秋梦何时醒　落水无痕

流水

关心杯子里水的容量……
深深浅浅
用溢出来的热水填满
流金岁月

用平心泡制的温度
抚慰　眼角余味

酸甜苦辣的岁月
投影在比现实更加现实的孤寂里——
我活在死里面　遥遥无期

挽歌

四野寂寥　迎春花正闹

……她跪着祭奠，额头贴着大地

泪水在风中飘荡　流离失所

"当死亡来临，来生打开它的大地"

春天悄悄降落——蒲公英、黄鹌菜、酢浆草

闪烁着

一个绿色的海。这时间水纹的刻痕

一浪高过一浪。海的海越来越辽阔

每一朵浪花中

是千千万万个她的他

雪中抽象行

那落在树枝上的雪是她的欲望

闪光的悬浮，星态的拟状

像绷紧的弦弹出的飞絮

树枝获取了她的呼吸　她的冰封地带

默默地将她头顶枝条的倾斜

与天空扬连在一起，模糊了她的视线

她是树和它枯绿色手指的囚徒

雪花持有她　遁入她中年的气脉

万古的冰锋揉在脸上　一行诗写了大半

她走上山坡　穿过棘丛、湿地

暴露在一片乱石滩上

雪是宇宙的修辞　我们在其间寻找回家的路

山野蒙受恩宠

琼葩压枝　空谷幽凉　请涤去入眼的尘埃
将她举向天空和天空迅捷的蓝

在雪光中浸透她双手的狂热
在足下的草与阴影之外
她别无记忆，别无恐惧，别无期望

一粒桑葚

细捻轻扰，醉脸春融
情怀酿得深深紫
长天一粒窈窕

桑葚子　嫣红在黄昏
相约的枝头，有布谷声声叫

请把我轻轻拾起
封存在你的竹筐里
来年你是否还会想起
曾经我来过　来过
这个春天里

从寂静处开篇

我试着从寂静中开篇

……沙滩上，那辆破旧的三轮车

微微移动。是风动，还是惯性在动

一辆车在我心头　慢慢　慢慢

日影斜了一寸　海边的植物又苍白了几分

虫儿飞在此间，或空中

震动它暮色的翅膀

这急切的笔涂抹着世界

一笔沾着雨露，一笔为花蕊缔结姻亲

许多卑微的细物获得怜惜

在花朵的宇宙里，在海的庙堂边

越来越暗，越来越恬静

浮云万里　极目远眺——大海话幽隐

……寒烟凝不飞　流水声琅琅

月亮从地平线上升起　仿若潇湘净

茫茫阴历续写着一代又一代的次元生活

八万四千个影子　滋生，熄灭

历经千年万年。群星闪耀

海市蜃楼轻轻地来

人在雾中　鱼在水里

一朵浪花从左到右，自上而下

叠跃蜿蜒。水花层层被击碎

旋转，汇聚……细入毫芒的爱和狂欢

它削弱记忆之重　它披着西风　驾驭着孤影

掌橹人摇晃着小船　横渡

白天和黑夜　爱情和友情

悲撼和欢欣　弓身在岸的两头

我从寂静处开篇　天地朗润

我以沉默作揖　踏浪而归

徐徐风景　徐徐生

七夕

月亮只移出半张脸
似一张弓，九霄之上的光芒
射向人间剧场

一把云一条银河
千万只喜鹊。用羽翼
化衷肠——跨接一水的流萤璀璨

飘桂馥，沐兰馨，乞天庭
三千里夜色　流淌着
片片唐诗宋词的辉光

潮汐令。很狂野

独一夜惊喜

最是刹那芳华

——观电影《芳华》有感

我认识你

认识他。认识万物生长的春天

认识暗疾繁衍的冬天

……雪的反光体

在春的凌乱中

在一朵花落的瞬间

在一幕云舒的时刻

在你换上军装礼毕的当下

在她起舞演习韵律的幻象之上

在他远离我　卷入残酷的战争

我透过玻璃

眺望那一脉脉的丘陵

起伏。你在舞台中央

清浅的模样　时光垒砌的断垣

恐惧　背叛　疏离

善目良眉　朗润谦谦

分别重逢，重逢又分别

当你置身　那一片片开合的深渊

大寒小寒之际　无问西东

我只愿留住

留住掌心那萤火的光芒

肩并肩　手牵手　静静地走进

那斜阳暮色的温柔。三百六十五里路

深一脚浅一脚……驻脚处

细细地体味。幽微地颔首

还是春天。雨水酽酽过的三月

微凌乱。镜头掠过

我在一段段相间的姹紫嫣红中

找寻你出游的方向

闭上眼，依然能闻到

淡淡的，你轻柔的幽香——

平静如海　优雅似康乃馨

陌上花开蝴蝶飞

缓缓　缓缓归

恭贺新年

那些脏衣服，需要洗涤

那些经久不衰的流感，需要涤净

那些在外奔波的人，需要年夜饭焐热

那些水，和砚同舞在一个"福"字里

那些喜悦的枝头，敬候八方春风吹拂

那些飘动的经幡，皎月朗星需要收藏于心

添了春联，备了新粮，阳台上鸟的羽毛

肆意飞扬。可以拉得很近　可以把我带得很远

不只是一个洞天。时光无限美好

好好休息，好好干活，好好写诗，好好临摹

当你执着于墨色　线条印象的刹那

窗外的梅花　已随风

一瓣一瓣地落下

……换新颜，舒锦卷

明亮的单纯，无处不新程

有请年，疗愈所有的妄想

有请清简，带来六时吉祥

去年。经年。往年。青年。中年。老年。百年。

千年。万年。年岁。年轮。年纪。

大千千色，万类萌滋

新年快乐……

旅行

生活犹如一双桃花的眼睛

我深陷其中不安且羞涩

我把自己捆绑成弓上的箭

矛与盾势均力敌

这样的旅程还要延续很久很久

似近似远遥不可及

其实你和我一样都是在风中成长

苟延残喘默默修复

恐惧之外的恐惧

黑夜里我将哭声调成静音

只是为了取悦

当下一个个被拉长的影子

世界的羽毛

一

一群麻雀飞来
一些栖息在阳台的栏杆上　列队静候
也有一些急切性子的　挥动着羽毫
叽叽喳喳　和两只斑鸠争食

寂静的阳台添上了响度
光悄无声息地增长

二

斑鸠们退后
不争不抢……阳光不早不晚

抖落在它们的脸上

我蹑手蹑脚地躲在窗帘后面
看两只斑鸠归巢
……在野生的石斛花盆上
梳理彼此的羽毛

三

我所热爱的世界很小很轻

小得　轻得只有这几片
……躺在我掌心里的羽毛

墙

假说真说戏说趣说他说她们说还有细细说

正见主见先见偏见执见看见未见还要微微见

商道儒道武道活道死道通通知道

土墙泥墙塑料墙穿墙爬墙以及翻墙

甚或红杏出墙　这墙里墙外的附和

或附会异形记和隐身符

你啊，你是一位神秘主义者

你只是倾听　不会言语

你体内的罗盘　藏着隐约不曾终止的

……不可求证的谶语

此刻，我背靠这面墙

墙的墙背后　是沉默的加工厂

是先声的埋葬地

落叶，
替我到黑暗的一边

还有什么是不被分离的

沾衣的飞絮，依附的蝴蝶

热恋期的情侣　病榻前的父女

还有什么是不能独立的

一粒花籽　一个瞬间　一呼一吸

还有什么是不需要言说的

一地银杏黄，犹如时间之箭

射向地心　箫声沉入

那深处的幽咽　可以燎原

……替我到黑暗的另一边

伞

这个节点　她安于伞下

不再左顾右盼。像一双妈妈的手

她被救赎。伞是雨的异己者

受风的摧残 。不需要迎风飞扬

只需要一声落地雷

她。

旁观

像这样细细地想

摇落一些不安的呓语

像这样密密地寻觅一堆草秣粗糠

或是山间狭路上的一根羽毛

黄金鸟　隐入翠柳发清响

像这样按下时光的静止键

日影深处　独那一束

尘埃

兰花草

一

说说我独居的母亲
她的孤寂　她的梦呓
她的日子屡屡被某种
无从把握的情绪迁徙

松间竹影　一幢回形的房子
庭榭环绕　她只走一侧
兰花开在角落里
风力渐紧　度潇湘　唯一抹
被暗香牵绊着的影子

二

在那些清凉似水的夜晚

让我把你放在　月亮的旁边

花瓣如蝶　茎叶如剑　淡淡的兰儿

情有独钟的真切　我知道

你们有吐气如兰的对话

你们的对话　没有谁能听见

丹青现　逸士气昂藏

先春发丛花　你的劲利身世

在无边的沃野怒放

涧阔草蒙蒙

释放

用盛夏的流火去泡一壶

相思被押上了一腔琥珀黄

千年春潮　舌尖上荡漾

又有谁爱上了谁

纤纤素手　勾住往日的平常

咽一口　目光倾下的热望

襟得住神色的慌张

"你是茶，我是水，你曾藏于我。"

抿一抿杯内绝色　剪不断爱恨情仇

想起深情悠长　说到人走茶凉

……月妆茶中冷香凝

以沉默释放你自己　再以温润的汤色

锁住顾影自怜的我

茶和水　一场最难将息的梦
显现在眸前
亦是一杯幸福的无言
还有那含不住的满口香

山竹

一

尖尖短短的小草

众星捧月地围着青翠欲滴的你

盘根错节　修长的身姿

直冲晨雾　你挨着我　我挨着你

枝叶纵横　或直或折　或正或侧

两片三片几片呈人字　呈个字

密密拥簇在一起　任狂风吹过

吹过那一大片一大片的竹茬子

二

虚怀若谷　向下延伸根须

唯有松柏可以读懂

风华朗阔逸世　你不沾一山炎凉
半岭卑微　十万分葱茏

百竿千竿傲骨分明
无法掩饰的敏感和尖利
捅破最后一层土
捅破晨曦里第一层的阳光

三

你的心窍徐徐打开
摇曳着窈窕之姿穿过绵长的风
仿佛一只只箫轻轻低吟
诗意的唱诵　叠加在空灵之上

柔软，悲凉，和善，婉约，悠远

月光正迷离　捂住嶙峋的瘦石

孤独无处藏匿　这通幽处的竹影旁落

如条条随流水奔去向前方的旧事

它们都各有去处

2020 年 5 月 27 日

落

夕阳交替着悲喜

落日垂下骄傲的头颅

一缕寒霜没有了束缚　赤身裸体

如蝉壳　平静地躺在我的掌心

耳边那苦涩激昂的吟唱

在斗笠下旋转着飞远

随凌寒绽放的菊花

……亦在一夜西风过后

噤住了自己的嘴巴

生活缓缓落下帷幕

我不再是流光溢彩的奴隶

生活有了白发　像节气那么长

伤痛开始反刍　随风入夜

沉默的一段茎须　被我的诗句

连根拔起

甜味是那盈盈一握的小蛮腰

让所有男人中了毒

焦

——献给蝉

烈性的高昂

一声声　响彻这稍纵即逝的驿站

古树繁茂，新叶萌动，溪水有光斑

多年卧薪尝胆　羽化出土

说不清的焦虑　道不明的欢快

在没有风的夏日里荡漾

一曲高过一曲

像蓄了能量的声带

像一簇锦绣被猛然撕裂

像一片被落日遗弃的湖面

像一篇华文撒落一地

铿锵处　掷地如金石有声

寥寥　寥寥成了断简残编

知了，知了

"世上的孤独总是源自决绝"

知了，知了

在喧嚣之上

躁狂，紧缓得其所

……在七月，有一把流火

只是，只是一把流火，无影

萤火虫

仿若草丛间的精灵

提着小灯笼去参加盛会

仿若一盏盏灯，在我心里

梦在漆黑的夜，一闪一闪

风被寻偶的夏虫

压低嗓门　没了脾气

树叶的残滴上，映着萤火虫

好似星光千点，忽左忽右

忽远忽近　忽明忽暗

让人激动　喜欣

仿若回到童年

风铃

去纵步。过堂风疾驰

直穿那小巷的铃声

叮当叮当的脆响

如童年断裂的碎片

经年战栗着　回放着

又如一块块风的殖民地

在人间留下道道褶子

纷纷。纷纷地挂在暮秋的冷峻上

丛丛枯草飞舞灰烬　各种熟悉的脸

尽是在风中变幻的陌生人

图书在版编目（CIP）数据

旁观者 / 吴潇著. — 北京：中国民族文化出版社有限公司，2020.5（2025.1重印）

ISBN 978-7-5122-1316-6

Ⅰ．①旁… Ⅱ．①吴… Ⅲ．①诗集－中国－当代 Ⅳ．① I227

中国版本图书馆 CIP 数据核字（2020）第 037387 号

旁观者

作　　者　吴　潇

责任编辑　王　华

责任校对　祁　明

出　版　者　中国民族文化出版社　地址：北京市东城区和平里北街14号
　　　　　　邮编：100013　联系电话：010-84250639　64211754（传真）

印　　装　三河市同力彩印有限公司

开　　本　889mm×1194mm　1/32

印　　张　7.75

字　　数　30千

版　　次　2020年7月第1版　　2025年1月第2次印刷

标准书号　ISBN 978-7-5122-1316-6

定　　价　48.00元